マダム・ホサンナ

武内撫子

Nadeshiko Takeuchi

文芸社

$$\frac{\mathbf{A}R}{R\mathbf{B}} \times \frac{\mathbf{B}K}{K\mathbf{C}} \times \frac{\mathbf{C}Q}{Q\mathbf{A}} = 1$$

メネラウス

§

市電の窓から、今まさに燃え盛り爛漫のヒガンザクラにもくもくと煤煙を噴き上げている最中の火事現場を見た。花はもくもく咲き、白い炎はあまりによく晴れて色をなくした真昼の空と見分けはつかない。その境目に意識を集中しようとすると眼球がチクチク痛む。煙は水に落ちた墨汁のように際限なく淡い光に広がり、そこは火葬場に見えた。あっけない、なんというあっけなさだろう。

疎遠になっていた友人と再会することになったのは、こんな花冷えの日に彼女から届いた気まぐれな手紙が発端だったように思う。卒業後、彼女が結婚して以来の音信だった。数年越しの封書は持ち重りのするもので、行間に埋もれた言葉は廃寺の瓦のように眠っているのやら、あるいは紙面に触れるだけでぱちぱち爆ぜる発火性の静電気が散りばめられていそうな、危うい気がした。

§

救われない手紙を書いています。

あなたへの言葉は頭の中に消えていったり、引き出しの中に出されずじまいの手紙の中にあります。書いても書かないでいてもとても苦しい。書けたとしてもそれが何になるのだろうと思うだけだし。あまり沈黙が続くと、一体どうやって次の言葉をつないでよいのか分からなくなるね。所詮私は、結婚してしまった女なのだな、とつくづく思ったものでした。

私は幸福かと尋ねられれば、それは幸福だと答えるだろう。夫との日々は夢、胡蝶の夢なのだと思い至る瞬間があります。すべては消えてしまい、夫や私が死んだあとの無の静けさを想像してみるのです。若い時分、何が苦しいのかさえ分からなくなって互いにうだうだしていたのも、それが孤独の不完全燃焼であったからで、この幸福は夫と結婚してある意味、真の孤独を手に入れたからだと思うほどです。

私たちはたまたま夫婦になったけれど、それぞれ違う時間を生きており、私の生活で最もフィジカルな部分を夫が働くことによって支えているために、私は極めて良き妻となり、彼の仕事を妨げないようにしなければならず、彼の健康を害することによって訪れる不在は、私の生活をも脅かすという理由から私のほんの少しの願いをも時には殺し、彼の生理に対して交《くわ》なんでいなければならないのです。

夫は私の話を聴くことや私自身を面倒くさがることが続いていく瑣末な日常の堆積にこのまま慣れてゆく男やもしれず、あるいは、それが夫婦生活というものであると、私は受け入れるのを赦してしまう女であるのかもしれず。もし結婚という制度の中に身を置いていなければ、今ごろ夫と一緒にいることはないだろう、とふと窓の外を見やって目に留まるのは、洗いざらしの日常着でたむろしている主婦の、あまり手入れのされていないささくれだった指先か、時折風にそよいでいる乱れた頭髪なのです。あの女たちは、女であることを自ら忘れ果てた体で、いつ夫から愛されたり子を孕んだりしているのだろう。

これを書いているあいだ、少し暗くした部屋の中で自分に起こる様々なことを書きつけていた頃を思い出し、なんだか夢中になってしまった。私はまた、自分のノートを探さなければいけないのかもしれないね。あの頃は、自分のためだけに何時間でも書いていられたけれど、今は夫の健康な暮らしのためにも、ここに書くことで、そのやっかい者である妻の精神衛生を保つために、そしてあなたと私のつながりを決して絶やしてしまわないためにも。いつ終わるとも知れない、印象に欠く毎日は、簡単な悲鳴を上げてはあっさり死んでいく羊のようにスラスラとどこからともなく湧き出しては消えていきます。今とても会いたい。

この世には不可解で理不尽なことが数多くあるけれど、その最たるものが、同じ屋根の下に暮らす体を密に通じた男であるとは！

愛しているよ　そして　自愛して

手紙に書かれた思いは、なんて正直なのだろうと思う。

言葉の砂礫《されき》は、夕陽に染まった赤い砂地をさらさらと、どこまでも虚しく踏みしめ駆けていくようだ。彼女の声は、未生《みしょう》以前から来て、再び未生以前へかえっていった。私たちの再会は、こうした手紙のやりとりを経て間もなかった。

§

木の芽立ちには、面白いくらいぞろぞろと変人の群れである。キラキラとした生命の萌芽には、暮らしの中の業や垢や怨みつらみがもりもりと土の中から押し上げられてくるような嚇しと強迫観念がある。

眠っているうちに自分の上で土地開発が始まってしまい、コンクリートで蓋をされたために二度と上がってこられなくなってしまった蝉だとか、洞窟の天井岩にへばりついて眠りこけていたために、葡萄の房をもぐみたいにぷちぷちぷちぷちっと摘まれて、黒いビニール袋に入れられごっそり焼却されてしまう蝙蝠だとか、間引きのためにスコップで叩き潰されるむくむくのレトリバー、あるいは高速道路に捨てられた仔猫などはすべて春の記憶である。

こうして壊れているのは人間のほうで、歪んだまま停滞した社会生活にある肉体が、活動再開によって過敏になった神経を自然に収める器としてうまく機能を果たせなくなってしまったせいだ。

河が二人の住所を左右に分かつ橋の上に立っていた。鉄道橋をアーチ状に跨いで架かる橋の歩道が待ち合わせの場所だった。

欄干から駅の構内を見下ろすと、黒板に蝋石で描かれた座標軸みたいに、河岸《かし》・舗道・線路が作為的に伸びゆく異次元の蝶番《ちょうつがい》に立っている気がした。見晴るかす限り河辺の桜並木が花をつけ始めている。

人々が野に山に繰り出す桜時は、十代の頃から私の心の闇の象徴であり、お祭りみたいな明るい日差しに心が冷え冷えと凍るこんな春をいくつ過ぎてきたろう。

彼女の手紙を落手してから、ざらざらと時を過ごし、ほの暗いところでざわめいていた自分に気づいた。パラレルワールドを踏み外して、暗く重いもう一つの世界の奥から眺めるトンネルの向こうは、何もかも光り輝くこんな春の一日だ。

街路に咲く花はいかにも無機的で、買い手がつく前のペットショップの無表情な愛玩動物のように人工的に見えてしまう。津々浦々、同一の生物種に一様な思い入れをして花見を愉しむという不思議さにソメイヨシノを見やった。花の魅力、あるいは人目を魅くということについて。普及し、浸み込ませ、一般化する力。様式美、生と死の移り変わりの早さ……

そのとき、尾を引くようなクラクションが辺りを遮って響き渡った。花の翳に霊柩車が発車して、喪服の列がゆっくり過ぎる。騎手のない馬車か、幽霊船のように葬列は花の下に隠れて消えた。

「どうしたの、何を見ているの？」

突然、葬送の影は吹き払われた。背後から彼女が声をかけてきて、橋から身を乗り出すと、私の見ているほうを向いて、「桜が綺麗ね」とシャンパン色のワンピースがこちらに翻って、「久しぶり！」と彼女は笑い、「元気？」と私が言った。それは今ここに出会い、これから大切な友人となるべく、殊更に気を遣い、私たちはまるで何も知らない幸福な人々のように優しい声で話し始めていた。

「学生時分は頻繁に手紙をくれたのに、結婚の知らせが最後の音信だった。それからは重い雪のような寒くてつらい冬であったよ。すっかり春だねえ」

「結婚への軽い後悔と、甘い赦《ゆる》しとのあいだでいつも思い浮かぶのは、タマラの姿だった。この数年、まったく音信不通にしていたけれど、いつもタマラのことを考えていた。タマラも結婚しただろうか、と思いながら過ごしていたの……」

硬質でよく通る声。濡れた砥石《といし》のようにとても冷たい。それは穏やかであまり多くを語ったりしない、清らかな新雪《にいゆき》の踏み荒らすことあたわじというような。

「独り者の私があなたの友でいることを奪う権利は、あなたにない。便りのないのは良い知らせ、というのは、とても楽で心地良さそうな関係だけど、私たちは肉親ではなく、互いに無言を推し測ることにも限界がある。ほんの一言の電話でも何でもいいから、何か返事をして」

何か返事をして……そう言いながら、声が自分の血で濁っていることに気がついた。肉体の疲れというものは、存外たかが知れたもの、心のストレスに比べれば。

　心の本当のところ、わだかまり、悩みというのは得てして近しい人には言えなくなってしまうものだ。気の置けない、おばさんとか、あるいはネットの顔の見えない他人だとかには安心して話せるけれど、それでも人に言えること、言えないことはある。一触即発の深刻な自己崩壊の恐怖がそこにはあるから。

　粘膜を酷使するように、自らの問題に苦しむことを続けているせいで、それは極めて薄く過敏になっている。

　沈黙のうちに、一人のコトバ《モノローグ》の中に沈み始めてしまうと、皮膚だったものを剥がすみたいに、そこから抜け出すことがとても困難になる。不安、怒り、恐怖はほとんど呪縛と化して、そこは生きている人がいてはいけないような場所なのに、そこでまどろみ始めるのを、ただ見せられるばかり……

　陸橋を川東へ下りかけたとき、彼女が言った。

「さっき、この階段を上がってきたときにね、この辺でカナリアを放したの」

「カナリア？」

「電車内にカナリアが迷いこんでいたのよ。靴紐を結ぼうとしたとき、床を歩いているのに気がついた。羽をパタパタさせて、危険なほど乗客の履物のあいだを危なっかしく移動していた。こちらへ避難してくるまで、足の位置が変わらないよう、じっと祈った。周りの人たちは、誰もカナリアに気づいていないの。隣のサンダルが踏みそうになったとき、小鳥を掬い取った。滑っこい羽毛の弾力が掌《てのひら》を跳ね返してきた。

電車が駅構内に入っていくと……待ち合わせ最寄りの駅よ。鳥は危険を察知しているかのように、指の隙間で動きを止めていた。外へ放したら、くしゃくしゃのチリ紙みたいに風の渦に吸い込まれてしまう。一区間の乗車時間がとても長く感じられたわ、やっと電車が止まって、プラットホームに降り立つことができたの」

歩道橋の上から、彼女は両掌《てのひら》を蕾のように開いてみせた。「放った瞬間、鳥の羽ばたきを顔に感じた。瞬きのうちにも飛び立っていた……」

透き通ったレモン色は、飛び去る一瞬にして影も形もなく、霞越しの光に消え入ってしまったのだ。

私たちは河縁《べり》の駅前広場を抜けて、いつも市電の窓から眺めている河原へ下りていった。

§

八百万《やおよろず》の神々が宿る森羅万象は、人間なぞお構いなしに流れ流れてゆく。遠く山のほうから下りてきた流れはこの町を河床にして、町の名が河についたのか、河の名が地名となったのか、「わたりの町」「わたりの河」、いつしか町は河と同じ名前で呼ばれている。砂地の層が地表のそこここに剝《む》き出している。さらさらと目には見えない水の流れに埋《うず》もれて、砂色の町は眠っているかに見えた。河ばたの道は懐かしい風景へ入っていく道だった。

「生まれた町の匂いは、記憶の中の色合いや手ざわりしかしないので、自分ではよく分からない」

彼女は河を見て言った。

織物みたいな襞《ヒダ》で水が過ぎていく。

「水は動いて流れているものに限るね」

流れは水盤に打ち寄せる波模様を描いて岸へ届いた。

「いろいろなことが立て続けに起きて、自分や周りがどんどん変わっていってしまうのはありきたりのことだし、そうした変化に身を任せてはいても、なぜだろう、いつか来た道ではタイムスリップして、昔なじみの友人が学生姿のまま、ひょっこり声をかけてきそうな気がするのは……。夢の中で見る人も、それは古い知人で、初めて会った頃の面影のまま少しも変わらないの。知人になって間もない人を、夢で見ることはないのにね」

「私が小学生で、学校帰りに岸辺や土手を歩いているとき、夫は高校生で、下校時に自転車でちゃりーんとベルを鳴らして擦れ違っていたかもしれない。私の小学校の通学路と、夫の高校までの道程は半ば、この河原で共通していた。私の生まれた家の隣には古書店があって、その後、火事で跡形もなく全焼したけど、私も夫もよく利用していた。……というように、あなたにとっていい人も案外、そばにいる可能性は高いよ。同じ市電で行き交っている人なのかも。

しかしそれは、あとでこそ気がつく、罪ではある軽い符合《シニフィエ》に過ぎなくて、あなたの日常も存外に、その罪ではある軽い符合に満ちているはず」

「罪ではある　軽い符合　というのは……」

「私はそこに、楽天的ロマンティシズムは見いだせなくて、往時を知るのは過ぎ去ったあと。ただ哀愁があるばかりだから。

もっと早く知っていたら、もっと早く一緒にいたかった、と思えるのは、それが今だから。でも、あのとき、会っていたら、こんなふうになっていなかっただろうということがよく分かる。それがとても哀しくて。


初めて夫と出会ったのは、汽水域の岸辺だった。遠く河川敷のほうから、金銀砂子の飾りつけや、音合わせに余念のないブラスバンドの軽い喧騒が届いていたから、それは七夕祭りの頃だったと思う。

彼は飲食店のオーナーをしていて、散歩がてら煙草を吹かしに来るのだと言った。夫が河を見ているあいだ、私は指の隙間から少しずつ砂粒をこぼして、泡のような砂の山をいくつもこしらえた。私たちは別に待ち合わせるふうもなく、ここより下流の運河や中州やらで、幾度となく挨拶を交わすようになっていたの。

夫は河岸《かし》の欄干に凭れて、いつになく煙草をくゆらせていた。河と海が眩い帯となって重なり合うのを感じていたの。淡い水色と濃紺の條目《すじめ》が、劫初《ごうしょ》以来の猛々しいパルスで逆波立ち、河と海の輝きが渾然一体となった。別々な水力が脈打つ境界面を見極めようとして、私が眸《ひとみ》を凝らしたとき、夫が名前を訊《たず》ねたの。私はただ黙って、いつまでも白い波頭《なみがしら》を見ていた。

『ねえ、キミ、名前は?』再びそう訊《き》かれた瞬間、私は橋を渡って河岸を歩き始めた。夫は欄干に身を乗り出して呼んだの。「おーい。キミ」私は返事をせずに駆け出した。「ちょっと、待って」夫が背後から全速力で近づいてくるあいだ、時はダムダムとスローモーションのように傾斜しだした……

――こちらの方へ超人的なスピードで向かってくる人の姿が見えました。それは、私がこわごわ歩いた氷河の割れ目を飛び越えて進み、近づいてくるにつれ、途方もない恐ろしい姿だ、それがわたしの創造したアイツだと気がつきました。恐怖に震えながら、アイツの接近を待って、生死をかけた戦いを挑んでアイツと取っ組もうと決心しました。

近づいてきました――（メアリー・シェリー『フランケンシュタイン』）

仕留められた動物の恐怖を感じたときに、夫は私の腕をつかみ取った。払いのけようとしたけど、夫は全身の力強さで私を放さなかった。

「どうして行くの。何か言って」

信じられないくらい静かなピアノタッチの雨のように、生きているものに水分を浸みわたらせる優しい声で。それでも夫を振り切って私は走った。夫も後を追って、やはり「なぜ？」って訊くのをやめなかった。「嫌《イヤ》！」と私が言ったきり、夫はそこに立ち尽くし、どこまでも続く川の辺《べ》の道を私は直走《ひた》った……私たちが結婚したのは、それから間もなかったの」

「それって、『なぜ？』って、『なぜ？』」

「『なぜ？』って、私には夫と同じ岸辺に立つには荷が重すぎる。自分の住む岸辺が異なるのだから。自分に振り向けられる愛情と、自分の中にあるそれが、まったく別な世界のもののように思われて、そうした在るように在る、つらさ、切なさ、いかんともし難さは、そのものとしてただ在るものだということを、私にふと教えるのは夫であり、迷い、戸惑いのうちにも、やはり在るものとして、おのれの果たすべきことを粛粛と日々行っている夫は常に眩しく、愛おしい。


この町に生まれて、長い時をかけて私の中で結んだ像の、とらえ難いいくつもの光景がある。そのすべてにこの河が映り込んでいるの。自分で見たり、人づてに聞いて思い描いてきた、本当に美しい光景がいくつかあって、中でもひときわ鮮烈なあるイメージを呼び醒ます像をくれたのが夫だった。その理由のためだけにでも、私の肉体《フィジカル》は夫のために殉じてもよいのではないかと思っている。

夫は少年の頃、町が七夕の準備に入る時分、車に跳ね飛ばされて、長い意識不明ののちに、七夕祭の花火の音で目覚めたらしいの。病院の窓から、わたりの河原を見下ろしていた少年の、こうして言葉にしてみれば何でもないことなのだけれど……夫はベッドに腰かけて、宙に耳を傾けていたそのときに、私はそれと同じ花火を見て河原に立っていた。

花火は天高く打ち上がっては、満天の星くずとなって河原へ降り注いだ。わたりの家々の上に、火花は降りかかり、散りかかり、舞いかかった。

『今晩、織姫は彦星と会えますように……』

つたない文字でいっぱいになった五色の竹飾りが水辺に燃えるように揺れた。水面《みなも》の縦横に天上の河を映して、水脈は河口から銀河へ流れゆくようだった……」

眠る砂の町で、いつか見た夢とおぼしき光景の忘れかけていた印象《イメージ》が不意に去来して、私にも息づき始めた。桜木に覆われた堤を抜けて、私たちは繁華街へ下りていった。

§

♪心配するな　彼はお前のことなど
　愛してはいないし
ここはそう　素敵な地獄
　いまわの際の　まだ遠く
死のことで怯える不遜を超えてまで

ジャズ喫茶の扉を開くと、女が歌っている。
ステージの上を肩をそびやかすように歩く。

♪これはそう　「悲痛な天国」の物語
　お前の恋のはなしなど
始まらずして
　終わっているから

緋色の織物の上で、女は軽妙なステップを踏んだ。絨毯に織り込まれた花々は、なぜどれもこれも架空の蔓性植物なんだろう。夜の夢の中にだけ開いているというような。小さい花は、ロート状にくぼんだ花軸の中に咲いていて、優曇華《うどんげ》のよう、内に開いているのか外に閉じているのか、よく分からない。室内の隈々《くまぐま》に眩い精気があった。

メニュー表を眺める彼女の唇は熱く潤い、肩は石の肌目のように冷えている。

「何か、飲みましょうよ……」

――何か飲みます？

――飲み物はいかが？

――うちにお茶を飲みにいらしてください。

――そのうち飲みに行きましょう。

外国語講座の会話例のようなこの種の口語は愛嬌のよさを俏《やつ》した、真面目なユーモアみたいに生活を和らげてくれる。この言葉の呪《まじな》いごとに、相手との親密さを増幅させる魔法のようでもあり、またこの会話のないところでは、もう何も起こらず、愛されもせず、ひどくつまらないのだ。

「好きな人はいるの？」

ウエイターが注文を復誦してメニュー表を下げると、彼女はすかさず尋ねた。

「私を愛し愛される女にしてくれる男、というほどじゃない。私はK《ケイ》に恋心を寄せていながら、Kと暮らす自分の姿を映像《イメージ》として思い描くことができないでいる。いまだに独り身の気ままさを楽しんでいるわ。年なのに、まだ若い気でいるの」

「あーあぁーー、二十歳そこそこの、夢見るようなあなたの髪のウェーヴのきらめきを思い出す。芸大のデッサン室で初めてタマラを見た日のことを今でもよく覚えているわ。

ヒトの生理も、抜き差しならぬヒトの世のしがらみも、幸不幸のさざ波も超えた、その先にある何かが、幾分、暖色を帯びたパステルブルーの機嫌の良さで泡立つように呼吸しているこの人のことが私はとても好きだと思った」

彼女の声を聞くだけで、耳朶《みみたぶ》を柔《やわ》らかく撫でられているような嬉しさとともに私自らをかいかぶらせる優しい毒というものがある。

「でも、こと私に関していえば、現実はタマラの紡ぎ出す夢のように美しい光景は実現しないに違いないと思っているよ」

「ええ、……こればかりは、考えると自分でも嫌になるのよ。Kへの好意をあからさまに言ってしまうことは私を殺し、思いを閉じていることもまた、それが常に自分の首を絞めているというような、この状態とはいったい何なのだろう。瞬時に刻々と、重さと軽さ、明るさと暗さを繰り返す。喜び→苦しみ→華やぎ→絶望、もとい、喜び→苦しみ→華やぎ→絶望、なの」

「Kさんと、どこで知り合ったの？」

「芸大の公会堂。ふらり立ち寄った個展で、偶然Kの作品を目にしてからというもの、彼の講義を聴講していた。当初から授業のほかに、より個人的な会話ができすぎてしまうほど近づいてしまって、私の書いた美術評論を読んでもらったりしていたの。言葉やもので何かをつくるのは、そこに読む人見る人がいることによって初めてかたちを成すことを、身をもって教えてくれたのがKだった。今は気鋭の芸術家《アーチスト》として成功している」

「どんな絵を描いている人？」

「かなりお茶目で、大人と子供の間の飽くなき探求心で描く〝実験的ファイン・アートの旗手〟、なんていうものじゃあない。全く、そんな世俗的なものじゃあなくて……」

「じゃあ、何？」

「Kにとって、表現の泉となるものは、まあ女。あるいは欲望。そして己は、その次。新しいコンセプト・アートに、著しい能力の噴射を見ることができて気持ちがいい。麻薬のように、足繁く個展へ通ってしまった。色彩を纏《まと》ったKの欲情は千変万化にせよ、作家の息吹きは決して収縮へではなく、かならず噴出、能動《アクト》へ向かっていくの。私にとっては、目も開《あ》いていられないほど強い誘惑。その禁断症状は、愚の愚、無駄の無駄、無意味さの無意味のごとく、出来映えの良さ、つまり向上心、意志の力は何もなく、ただの良きことはどこにもなく、それがKの描いた絵であるならば、そこにただ留《とど》まり、マチエールの中に身を置く時間があるばかり……」

食器が触れ合う音が心地良く響いて、紅茶が運ばれてきた。

食卓には、果物とスミレの砂糖漬け、中央に濡れた唇をあいた薔薇とカンテラの光。

水の色が白磁に接するところに、飲み干そうにも飲み干しきれない透明な光の環が掛かっている。彼女がぼんやり、それはぼんやり、磁器に浮かんだ金の輪をかき混ぜるたび、柔らかい匂いが立ち上った。

「……私個人の話をするなら、私が美術を学んだのは、独り善がりなことだったにせよ、それが仕事ともなると、暦に追われに追われゆくうちに、いつしか寿命は尽きてしまうのだよなぁ……と。そう思うにつけ怖くなって、自分勝手な楽しみで望んだはずのことを自ら厭がるいわれなどどこにもないんだけど、そういった自由にこそ疲れ果ててしまったのか、何者でもいたくなくなってしまい、河原をブラブラしていた頃、夫と出会った。そんな切実な考えごとさえ、知ることも知られることもないままに、履歴を消し去るようにして二十七歳からは夫の妻となり、今に至っているよ。

　これが愛だったのか、と思えてくるほど、夫への思いはもはや本当に静かで穏やか。これはマウントじゃない、どこもかしこもプラマイゼロなの」


　客間のライトが消えて、蝋燭の焔が部屋を浮かび上がらせた。生の火は幽かな揺らぎを感じ取る小動物のように酸素を呼吸している。白昼は無地に見えた彼女のシルクモスリンに花弁脈の刺繍が揺らめいている。私は壁鏡を通して部屋を感じた。鏡の中で部屋は溶ける寸前であることに気づいたから。薔薇は燃える焔の重さでめらめらと咲き落ちてしまいそうだ。燦燦《サンサン》と赤い部屋は蝋《ロウ》の透明な輝きに歪んでいる。

「ねえ？　ここまで書いたり話したりしてきたことの主語をすべて、『わたし』を『タマラ』に置き換え可能という意味で、上書きして聞いてほしい。わたしはタマラで、タマラがわたしで、それぞれ別の人生が、自分の人生だったのかもしれないと、自然とそう思えてこないかしら。わたしこそ、タマラだったのかもしれないって。

有象無象の現世的な立場を超えて、それぞれの肉体に、別々な人生を、仮にアップデートし、俯瞰して捉えることに成功したとすれば、お互いが選ばなかったはずの人生を、生きていたのかもしれないことが、生まれながらに思えてくるはず。タマラの時間が、わたしと重なって続いていく不思議を、今ここに体験している、というような」

「ええ、本当に。私たちの夢の傷なんかすべて置き去りにして時間は過ぎてゆき、それが誰の夢の跡だったのか、時が過ぎ去った後は、それが誰のものだったにせよ、どうせ同じことだということなのでしょう」

音楽が終わって、ステージの照明が落ちると、歌っていた女もともに姿を消した。

「夫は三十八歳、枯れた通人《つうじん》で夜を支配している。ステージの緞《どん》帳《ちょう》の向こうから、此岸《しがん》に暮らす人々へ向けて、自分の人生では観ることのできない様々な催しを観せ、聴かせることをその業《なりわい》としている。『夜の経営者は、身内の生活に飲まれてはならない』というのが家での口癖。生活感のない支配人ほど、その息は長いのだって。配偶者や親や子などの身近な人、時には自らの身上さえもメシの種とする芸人は多いけれど、普通にいい人、という存在価値しかその人にはなくなり、舞台の上でその芸人がいい人かどうか分かってしまうことは、芸人に充てがわれた芸そのものの存在感を奪ってしまう。実生活でそれがいい人かどうかは、芸の上ではまったく無関係であり、必要ないのだって。

舞台に立つ夫を、テレビの液晶を通して観たことがある。人好きのしない、信用ならない逸《そ》れた悪党に見えたものだけど、それがスクリーンを外してみると、家庭仕様の良き夫へヴィジョンは修正されているの。

新婚当初は、夫の仕事のあれこれについて、素朴に尋ねていた頃もあったの。夫は面倒くさがらず、紳士的に応じてくれた。けれど、長い説明の意味内容は、聞けども、聞けどもさっぱり分からない。夫が話して聞かせる仕事のことで、私に理解できたためしはないの。

夫が静かに優しく呼びかけている。何を話しているのか、十分には聞こえないのだけれど、仮に聞こえたとしても、それが何のことだかよく分からない、いつもの口調で語りかけてくる。声のするほうへ、夫を探して、私たちを隔てる帳《とばり》を捲《めく》れば、分厚い緞帳の背後に夫の姿はなく、録音仕掛けの音声装置が回りに回っていて、『お前には、まだ恐怖を感じる余裕があることを知れ！』と夫の声はそう繰り返しているの……そんな夢を幾度となく見た」

「しがらみのある人に、そのしがらみのことを訊いてはいけない。判然としたとしても、傷つくだけだし、空しいものね」

「昨晩、私は話に夢中になっていて、ふと視線をやった夫の無垢にぷっくらとした唇の、かすかに開いた口先から、スースー寝息が漏れているからカッとなってしまい、平和な寝顔にアイライナーでバカボンパパのハナ毛を描いてやった。今朝、鏡を前に絶句しているのを見て、『ふっ、ふっ、ふん、油性の強力マジックで書いたから、二、三週間は消えないよ』って言ったら呆然と思いあぐねているようだったけれども、そのまま店へ出る支度を始めた。かわいそうになってきて、私の高級なミキモト・クレンジングクリームを貸してやったら、『おぉうー、さすがはミキモト、よく落ちるなぁー』って、犬の仔が笑ったときみたいに口がサンカクになってたよ。夫はどこまでいけば、私に対して怒りを爆発させるのか、未だ知れず、とても恐ろしい。

　夫のことを、本当にすごいと思うことは、たとえ、どんなに仕事が大変そうで、塞ぎ込んでいる様子のときでも、パッと寝てしまうところで、ぐだぐだ思い悩んだ末に立ち直るよりも、男としてタフだなぁ、というところかな。

　雪柳の枯れ枝から、水もやらないのに新芽がどんどん伸びてきてびっくりした、ベランダに小さな白い花々が芽吹き始めて。今日は夫の誕生日。アマリリス白ユリシャクヤクパンジージーヒヤシンス、ひらひらレエスの花びらで白い部屋を飾り、ローソクをつけて夕飯を食べ、浴槽に浸かっている三十八歳の輝けるワカドショリのために、うす紅と白いひらひらのシャワーとシヤワセの香りを幾重に敷き詰めるようにして、祝ってやろうと思う」

§

「ずっとこちらを気にしている女《ひと》がいる。さっきステージで歌っていたシンガーね。タマラ、お知り合い？」

伏し目がちにお茶を飲みながら、彼女が小声で尋ねた。舞台のほうへ振り返ったとき、冷たく鋭い目つきでこちらを見たのは見覚えのある顔だ。派手な舞台衣裳やメイクのせいで私は気がつかなかったのだ。骨格の逞しい大柄な女は、鼻柱が太く唇の薄い顔立ちを鉄さび色の髪に埋《うず》めている。私は急にそわそわと居心地悪くなって、彼女に向き直った。

「同級のかずみ」私はちょっとためらって、打ち明けた。

「御山《みやま》遊園地は、中三のとき、同じクラスだったかずみのお父さんがやっていたの。リゾートの波も長くは続かず、脱税が発覚してから は家業は廃頽して、ある日、一家もろとも街から姿を消した。御山浄園『斎《いつき》の杜《もり》』が竣工する前の、あの広大なサラ地は、もともと遊園地だったのね」

かずみは観客席にずっと背を向けたまま、ステージの傍らで煙草を吹かしている。それは、現実の女が生活の一環として併せ持っている、なんだか出来損ないの男に見えた。男の目で時には女を見、その女の目で時に男を見るのはなお楽しい。

「かずみの突然の失踪に一番、衝撃を受けたのは私だったろう。私は校舎の三階から、バケツの水を彼女に浴びせ掛けた。その明くる日、彼女がどんな様子で現れるのか、早朝から教室で待ちあぐねていたときに、かずみ一家の蒸発を知らされたから。これを人は、『いじめ』というしみったれたまやかしの言葉で呼ぶのだろうか。私たちには一対一の決闘だった。この場合、さらに用意周到、大胆不敵な復讐へとエスカレートしていくはずだった。私とかずみはどのような奇縁で回る歯車であったのだろう。かずみが去って、私の中の、ある時期ある何かが、確かに終わってしまった……。

学校の廊下でかずみと擦れ違いざまに、『やあ!』と声をかけてやろうとしたものだったけれども、とてもそんな雰囲気ではない容赦なき自閉と老獪さを漂わせている人だった」

彼女は何を聞いているわけでも、どこを見ているふうでもなく言うのだ。

「ふと気づくと、夫の前では、私は子供の女か、年増の娼婦のようなものだけれど、年相応を演じられない女というのは不幸だったりするものだわ。だから、タマラ。年齢は失ってゆくものではなく、確かに、私たちは出会った頃の十八、九ではないけれど、四十でも五十でもない。私たちは二十九歳の女を、次の年には三十歳の女の生理と生活と容姿を保ち、育て、その年齢を享受しなければならないのだねえ。

今日に赦された幸いを生きよう。最も現実感に満ちた、そして心を締めつけない愛と自由の生活を、互いに心がけようよ。別に、無理に健康や幸せを装う必要などないから。周るし、動くからね、時間は！

近いうちに、また、会いましょう」

われわれが席を立って、レジのカウンターを抜けると、偶然通路の向こうからやって来たかずみと出会いがしらにぶつかって、かずみはひどく動揺した。その視線の落ち着きのなさ。擦れ違いざま、かずみの立てた風には日なたの毛皮のごとき乾いた血なまぐささが巻き上がった。薔薇と歌を支配する女を気取っている。舞台で見るほど綺麗じゃない。下顎から首筋にかけてのラインが欺瞞と怠惰で緩んでいる。それまでうまく取り繕っていた容姿に不意にボロが出てしまった本当は醜い女、それは分かっているのだけれど、改めて自己認識してしまう女のように、哀れっぽくも浅ましい。

白い鎖骨でヒラリと身をかわして、かずみと私のあいだを彼女が先に出て行った。

私たちは店の外で別れた。かずみがステージで歌っていた旋律《メロディー》が生き生きと屈託なく甦ってきて、頭には何もない。話すことはもっとあったはずなのに、自分のことをあまり話していなかったような気がした。街の上に桃色の小石みたいな月がかかっている。Kと会うことになっている御山へ向かって、私は歩き出した。

§

oui!《ウイ》 oui!《ウイ》 oui!《ウイ》 という発音で雲雀《ヒバリ》の囀りが、つる巻き状に空高く上がっていった。

私も銀色の鱗《ウロコ》で跳ねる白い魚の腹になって、薄雲の夕映えをぴちゃぴちゃ飛び躍り、泳ぎ回れたら気持ち良かろう。春の冷たい気流に手足を浸して、ふと覗き見た水鏡の中をKと目が合ったりするようなのも過剰な思い過ごしでなく、一瞬の恐怖にすり替わってしまうし、その目つきも、私が前に着ていた服の印象をKがこの服装の上になぞらえているようなのも、やはり私の期待ではないと思えてくるのだ。

私は今、バラ科サクラ属が自生する北半球のとある気候帯の中にいる。チェリィブロッサムの花びらの好む大気の薄く冷たいことよ。桜咲く時節の短さ。桜が咲かなければ、来ない季節があるかのようだ。

遊園地のあった御山へは、車で上がることもできたのに、Kは道すがら散歩を兼ねて、斎《いつき》の杜《もり》の登り口で会おうと言った。古道は一路深い森へと消えている。

「よい季節！　気持ちのよい風！　一年中このようなさわやかな日々が続いたらきっと人間が駄目になるにちがいない！」

山道の奥からKが姿を現した。Kの口にする天気や眺望の話題は、日常的な挨拶とはちょっと意味合いが違っている。同じ季節や風景の中に居ながら、私の目には映らないほど、遙か遠い山水や風光の話をしているように聞こえるのだ。

「山野には不思議と人を魅きつける場所があるね。なだらかに折り重なる麓が乳房のようだろ。うむをいわさず腐敗される土の匂いの方へ、山への畏れを人肌の女に感じるんだ。

この道は、『なめら筋』といって、霊界と下界をつなぐ地元の霊道なんだよ。柩を挽く野辺送りの村人が、挽歌を口ずさみながら連綿とこの山路を登っていったのだ。

わたりの死者は御山からなめら筋を通って帰ってくる。春分に山の口が開いて、花祭りに閉じるのだと聞いている。昔はよく山頂まで上がったけれどね、賽《さい》の河原が点在していて、あ、いかん、ここは呑気やたらに来るところではないのだな、と思ったものさ」

白い坂道が森に隠れて失くなるところまで歩いた。「ほら、火葬の宮殿が見えてきた。斎の杜、別名、名づけて『バカとヤギ』」

「あら、どうして？　バカとヤギは高所を好むって」

「馬鹿は高名な戒名を欲しがり

山羊は断崖絶壁を駆けめぐる」

遠くから雲に見えた、花ざかりの森の中に、ガラスの現代建築がひときわ高く突き出している。

「パビリオンかプラネタリウム、はたまた植物園のようにしか見えないわ。中では煙火が燃えているなんて」

「ステンドグラスに山羊の群れが嵌め込まれて、天蓋から常春のシャガールブルーが官能のシャワーとなって降り注ぐ収骨所など、わたりの町と姉妹都市となっているフランスの、とある県の美術館に影響を受けているということらしくて、ここへは欧州人も多く足を運ぶ。あなたの国では死んだ人をどのように埋葬するのかと問われるたびに、『ここは世界一火葬の好きな国で、大人ひとりを灯油五十リットル使って焼くのだ』と言うと、ひどくびっくりされる。かの国の人たちにしてみれば、一度死んだ者をもう一度殺す、といった印象を受けるようだが、生きていたって一度ならず、二度、三度と殺される人はいるだろう。

ともあれ、水晶宮もどき博覧建築は、旧《ふる》い火葬場の光景を一掃する演出に、一役買ったというわけだ。

人口増加の団塊世代が平均寿命を迎えるに及んでも、火葬炉は足りないまま、増設には住民の反対運動が起こるし、火葬場の数は年々不足の一途をたどるばかり。僕等は塵芥《ちりあくた》のたぐいであり、たちどころにして死と表裏一体の不確実な存在であるということを、自ら承知しているはずなのにな」

「でも、日本は火葬のパラダイスなんでしょう。代替策としては何でもアリだからね」
「火葬タクシー、火葬バス、超豪華霊柩船で行く散骨島ツアー、棺葬機に散骨ロケット、果ては銀河系分譲墓地もあるしなあ」
「ペット用もあるよ～」

「消費と消耗の舞台である結婚式を思えば葬式もまた、飽くなき自己表現の社交場と化しつつあるといえる。葬儀屋の業務用弔事向け微笑、その一方でぐずぐずと泣き崩れる女たち、自己愛たっぷりに述べられる、思わせぶりな弔意など、死者の祭儀でさえ、貧しい自作自演に余念のない人々を見るにつけ、凄まじさに生きる気力も萎えてしまう。

コンピュータロールプレイングゲームのキャラクターの上に表示されるライフゲージは、俺自身の上にも自動的に表示されてしまう。『ケイ、一〇〇ダメージ』『ケイ、毒ダメージ』などと、バトルによる衝撃で敗走しつつゼロになると死ぬ。死者は本当の死を死ぬけれど、生きて残されている者も、そしてコンピュータキャラの死も、これは何らかの死を体験しているにちがいないと思うような物理的な打撃《ダメージ》を被るのだが、たとえそれがゼロになっても「ホテルで休む」とか「ポーションを服用する」とかのカツを入れると気合いをみせて緩やかに、または速やかに回復させることができる。

つまりは、この場所から見たくもないのに見せられる醜い瞬間に出会ってしまうわけだが、ただ喜ばしきは、ダメージは恢復される、描けてさえいれば。出棺の儀のたびごとにこの俺も、死出の旅路へと自らを葬り去るのさ。また描くため、あらざらむこの世のほかの思い出に……」


私たちは舗道沿いのアトリエへ入っていった。前栽に張り出した側面は、採光ガラスで覆われたテラスになっている。高い硝子戸越しに、あるだけの時間と空間が溢れている劇場の舞台裏の雰囲気があった。ここへ来ると私は不安でもなく幸福でもない。平日と週末の狭間にあって静かなのだ。

パタパタと天窓を叩《はた》いては、床にパタリ落下して行き倒れたまま動かなくなるものがいる。

「あれはイルヒ?」

「テラスに放し飼っていたつがいのオスが何かにひどく驚いて、風抜きから外へ飛び去ってしまったんだ。それを潮に、残されたメスはここ二、三日、大半を板場に打ち伏して過ごし、食べるとき舞い上がってはバサリ、落ちてくる。イルヒは仔鳥なのに、ありとあらゆることが嫌になってしまったんだろうか。人だったら、今の仕事でさえもどうしようかと言っている状況なのかもしれないよね。ネクタイや消しゴム、インクとか食べ物でない物を喰っちゃう。人間にもいるんだ、土とかビニール、電球とか食べちゃう人が。びっくり芸として、食べることができるといった話ではなくて、異食症はのっぴきならない理由のせいで食べてしまう。食べざるを得なくなって食べる。イルヒは、死のこと、あるいは生きる意味とかを考えてしまったのだろうか」

そう言ったなり、Kはひとしきり笑った。

「謡いの名士《セレビリティ》だったよね。囀るのはオスなんでしょ」

「そうさ、メスは歓びをうたわない、それを自分のものにしてしまうから。

オスの敏捷性、飛翔力、音声言語とその霊感、既得の学習からさまざまな情報を関連づけて解を導く知性……こういった健康の要素をメスは、頭脳の容量、あるいは美、ととらまえる。是《これ》すべて愛や欲を起点として発生するものだからね。オスは自分の遺伝子をつなぐにふさわしい優秀なメスを見つけるためにもディスプレイに走るのだが、そうした求愛行動の勢い余って飛び出して行ってしまったんだから、イルヒとしては、心ここにあらず、というところなんだろうね。

でも、特定の異性との恍惚的快楽《エクスタシー》とか予知能力《テレパシー》、絆の強さ、利他へ向かう勇気など、人間が退化させたか、本能として持たざる感情的なある何かを、進化させているにちがいないね」

「イルヒはなぜイルヒなの」

「大学時分、わたりの水脈にある遺跡の発掘に携わったとき、水の中から丸い桶棺が多数出土したことがあって、その中の一つに、それは小さくて綺麗なされこうべと、それに供えられるように、それはまた小さな柘植《つげ》の櫛と六文銭が添えられていた。アメ色の櫛には、『入日《イルヒ》』と彫られていたので、遺品はお骨の主の名前らしい。

　ときはちょうど秋の盛り、遺跡を擁した河原辺の堤を、西陽の遙か遠くどこまでも赫《あか》く澄みわたっていくかぎり彼岸花が、

　　　ヒ　ヒ　ヒ　ヒ　ヒ
　　　　ガ　ガ　ガ　ガ　ガ……
　　　バ　バ　バ　バ　バ
　　　　ナ　ナ　ナ　ナ　ナ……　と、

もの凄かった。女児の骨と秋の花見をしたよ。

あの入日《いりひ》の刻の橙《オレンジ》よりも淡く切ないカナリアの、色褪せた羽の奥には柘榴石《ざくろいし》に似た心臓の、血の滴りが羽毛から透き徹って見える気がする。それで入日《イルヒ》なのさ」

　そう言ってKは横たわるイルヒを抱き寄せて、人差し指で嘴を撫でながら、籐籠の中へ仔鳥を寝かせた。

「君、今日は妙に寂しそうじゃないか、どうかしたのかい？」

「結婚した女友達と再会してきたのだけれど、自分の夫の話をしている友人は、私の知る彼女ではなかった。親友の夫婦生活というものが、赤の他人の家庭よりも遠く感じられた」

「愛《う》いだな、年甲斐もないんだね、君は」

「生身の女性の身辺のあれこれを聞くにつけて、夫婦仲の恐るべき時間を自分も過ごしていたかのような、変な気分。デリケートなところが少し掻きむしられたような、軽い厭な痛さがある。二十九なのに私もアオいね」

「世の中、広しといえども、一枝《いっし》に宿るつがいの鳥のように、夫婦とは別な世間に巣を掛けて暮らす人たちのことだよ……いっちゃってるのかい？」

「いいえ」

「キワキワなのかい？」

「いいえ。平均的な日本人夫婦として、人並みに幸せそうなカップルなのだけれども……」

「ハハン、カナリアにも、似せて誘うというテクニックがある。メスの気を魅くために、もの真似でオスはライバルのボキャブラリーの多様化を図ったりもする。人もまた、個としての在り様をたばかり、生存本能を満たす。個を演じて生きることは、本質を擬態することとして、一般的な生命維持活動だから。例えば、『幸せそうな』という あの言葉。愛されてもいないのに、愛されている女の衣を纏《まと》い、絹擦《ず》れの拵《こしら》えで、男の膝に手を凭れかけてくる女。

ねえ、君。すべては佳《よ》きことの積み重なりのその先だとしても、何かの犠牲の上にある幸せだとしたら、ほんの仮初《かりそ》めのものに過ぎない。これだけ我慢したのだから、これだけしてやったのだから、これだけ平穏に何事もないのだから……と言って、その先にあるのが自らの幸福である保証など、どこにも無いから」

カンバスと絵の具の匂い、絵の中にはまり込んでいくモデル、いつまで経っても描き終わらない未誕の絵画やスケッチの夥しい作品群と創造の材質そのものであるKのロマンティシズモ。Kの体から三十六・五度に温められて、赤いビロードの精肉の臭いが立ち昇った。Kがナイフで木炭を削り始める。幅と厚みのある鋭利な刃物は、肉屋の凶器を彷彿とさせる。獲物を捕らえる猛禽類の目つきに触発されて、私は脱ぎ始めた。まず絹のスカーフをほどき、立ったままブラウスを脱いで、プリーツスカートをそのまま床に落とした。その上に、両肩から外したシュミーズが被さる。

Kは芸術者として頭角を現すまで、現代芸術論の講師として教鞭を執っていた頃は、一房一房に堅い果汁が規則正しく眠っているような、極めて軽くすっきりとした皮膚で笑っている青年だったのだが、やはり男の顔は仕事がつくるものなのだ。画家として仲介業者《バイヤー》と渡り合うために、自らの肉体の表側半分を厚く厚く載せていくことで解を得たかのように、後ろ半分の肉づきが異常に薄い。

また大きさによって画壇の同時代的統率力にけじめをつけた男の筋量の多さに対して、異常に細い手首とのアンバランスを見ると、芸術家というのは限りなくやくざの渡世人のような生々しさが不可欠なのだなぁ、と思うが、しかしそれこそKの肉体が彼の処世と名声に対応した姿なのだ。Kの白い腕首が木炭を小刻みに震わせている。私は裸体を寝椅子に横たえた。現実世界というのは、役者たちがいつ消えるともしれない即興劇の舞台のようなところだ。両の腕で高く頭を支えて肢体を彼の方へ差し出しながらそう思った。

§

Kは握った絵筆をスケールにして親指の位置を変えながら、ポーズの指示を出してゆく。

「君は、体の正中線が左曲がりだな。向かって右肩がいつだって上がってるんだから」そう言っては指先で顎を右へひねるのだが、無意識にゆっくりと左曲がりに戻ってしまう。とうとうKは絵筆の先で私のつむじを押さえた。

「つむじがこんな左に在るのだな、君は。眉だって生え方が違うし、鼻の穴も左右形が合ってない。足の長さも異なっているのだと思うよ。君の腰痛はきっとそれが原因さ。

昔、どこかの学者が、死の床に瀕している人の重さを量って、死の直後の重さとの差が二十三グラムであると提唱していた。二十三グラムとは死の瞬間、抜け出していったものの重さなのだそうだが、俺にとって、それは腕に覚えがある重さなのだよ。仕上げた絵画から、白紙を差し引いた重さなのだ。

　神話が歴史的事象の表現媒体であるように、個人の顔や肉体は、その人のいろいろな個人情報をかなり如実に物語る。誰しも人それぞれに美の約束といったものを持っていることに気づかされるのだ。当人は習俗や流行など上書きされ刷り込まれる雑多な情報に埋もれ果てていたとしても、たどりたどりしてゆけば、美の秘密に行き着くことができる。

　その人の眼差し、姿勢、物腰からは、その人の魂の清らかささえ、ある程度窺い知ることができる。それが限りある人の身なれば、その中から、自分の愛しうる糧だけを抽出して生きようとしたって、愛すべき美にのみ謙虚さと礼節を失うまいと誓ったとしたって、罰は当たるまいよ……」

　ああ、Kは描き始めるまでの前置きが、いつも非常に長かった。描き出す始まりの一瞬を慎重に選ぶようにして、やっと筆を走らせるのだ。あとは列車が夜を滑るように、淀みなく時は流れだすはずだった。

「ちっ！　今晩はこれで止めた」

半時間もたたないうちに、Kは軽く舌打ちして筆を放り投げるのだ。木炭はヒラヒラ宙を舞い、ひからびた音を立てて砕けた。

「君は木炭が何色と思う？

あんなに描けていた絵が、ぜんぜん描けなくなってしまって、今、気がついた。木炭が黒炭色ではなく白炭色だったとはね！

君が白ずみの堆積物となってみじめに俺を見下していやがる。くたびれて毛羽だった紙の上では、君の骨組みを支え切れまい」

Kの洩らした嘆息と、絵に残された余白からは〝放心〟というものが感じられた。

「……今描いている君の絵をね、描き終えられないような気がしているんだ。

描けないのは無意識にそう望んでいるからだとさえ思うよ。

俺という動物が俺という檻に戒められていることに耐え難い屈辱を感じるとき、描き出すのさ。その最初のイメージの決定的な瞬間は、待っているときは訪れず、何か満たされないものに突き動かされているように描いているときだけ、俺のイメージは目の前に現れ、若さもろとも運命まで奪い去ろうと試みたものさ。

頭のどこかで聞こえている君の声や何かの形になっているのに、素描の一条《すじ》さえも着床せず、君の裸体は遠い靄の向こうで、たわんでいるようにまるで俺にはクリアに見えない。意味もなくただそこにいる〝何か〟になっている。ただ描くというために描いている、あるいは描けないということについてでも何かを描くしかない、というか。描けども描けども、造形力に豊満と豪奢が味方してこないじゃないか。想像が現実を凌駕しない。日常のバリアの厚いことに気づかされるよ。

亡霊が自分の死を信じているようにね、自由なはずの表現に対して禁欲的になっている。

下描きの前に、俺は君のデッサンをプロマイドに撮った。肖像画に描出できる美しい構図を選ぼうと思ってね。ところが十枚に九枚が不要なカットだったのさ。われながらどうしようもなく退屈で凡庸な素描《クロッキー》で、あまりのつまらなさに茫然とした。自分が好んで描きながら、つまらなさに唖然とすること自体がつまらない、というのさ。純粋に美しいものだけを見せたかった。描く俺が、華やがなくては、絵画は面白く恐くならないのさ。
　俺は常に画家でいられない男だということだ。とても描き続けることなどできず、死ぬまでは、血まみれさ。

誰であれ　愛する者は　健やかであるように
愛することを知らぬ者は　死んでしまうように
愛を阻む者は　二度死ぬがいい

（ポンペイ円形闘技場《コロッセオ》に
彫られた剣闘士《グラディウス》の言葉）

　もはや描けなくなった俺は闘技場に倒れ込む剣闘士だ。これは女神との決闘なのさ。美の女神は、彼女に触れようとする者に仮の勝利を与えても、それはかえって奴隷を破滅へ追いやる格好の餌なのだ。女神に刺し貫かれた腸《はらわた》から流れ出す血のぬかるみの中でまどろみながら果てる俺の死が、美に貪欲な大衆の惜しみない喝采のなかで慰みものとなる。俺は解放奴隷の生まれ変わりなのさ。『解放奴隷セリュウスはこの試合まで勝利十三回にして死亡せり。……』」

目が醒めてわれに返る感じがした。一体こんなところで自分が何をしているのか、よく分からなくなった。ポーズを決めたままにして、息を殺していたけれど、姿勢を解《ほど》いて身を起こした。

出会って間もない頃、Kは一晩中私とアトリエに立てこもってデッサンを続けた。Kの目はちっとも私から離れることがなく、飽かず描き続けるKを見ているのは楽しかった。描く時間が、回を追って減っていくことを思いながら、衣服を身に着けた。Kは目の前のシャンペンに指一本触れたことがない。

この世の重力に支配された肉体を持って生まれ、生きているということが、耐え難く重苦しく感じられた。白紙に描かれる未来と生活を、空想ばかりしていた自分が重くなった。偽の現実感《レアリテ》で重い。熱く焦がれるだけのものではなくなってしまった重さで動きにくい。

日々、破綻の危機に瀕している。表現するコトバの無意味さと、ある面、有意義さとが過不足なく分かち難く結びついて、実技上は矛盾もしないことに気がつき、それに戸惑い不安になり、そうして苦しむ自分を愛することで精神の平静を保つようになってしまう。

それでもなおKは、現実の人々の中であえて自らを試し、彼の精神は彼の肉体を地上でより生きやすい方向へと導きゆく一廉《ひとかど》の表現者なのだった。私はKに尋ねた。

「女が独りで自分の道を生きていくことができるかなあ」

彼は煙草に火をつけ、煙の向こうから会話に興じた。

「空想の世界ではね！

男根の通らない女の体は、現実世界で生きられない。それなのに女はコトバを持ち、呼吸し、生きようとしている。そうしたコトバは恐るべき透明性を誇る処女膜よりも堅固な壁の向こう側の呟きで、到底人間界の男の耳に届くまい。女の肉体を誠実さをもって育てることを拒絶し、美の停滞に激しすぎる情熱を注いでいるのだ。俺の苦しみがきしんで悲鳴を上げるぜ。

しかしながら　愛おしいとなあ！

どうか気を悪くしないで。君の能力とか、階層だとか、世知に長《た》けているかとかの話をしているのではないよ、全然関係ない。そんなものの絶対的な基準など、この世には存在しない。ただ自分の視点がどのあたりに、照準を合わされっぱなしになっているか、ということの問題だよ、これは。

あらゆるものの枷《かせ》をはめられていながら、実は肉体を所有する者にとっては、それゆえに自由なこの現実の世界に、できるだけ早く現れてきてほしいと願うばかりだ」

Kはしきりと夜のとばりに気を取られた。

「雨雲の匂いがするね。雨の降る前の妖しい、生臭い空気の気配が、鉛色の空をのせて近づいてくる。子供の頃、入道雲が暗く垂れ籠めると、赦されたような気持ちになり、些細な日常のことなど、暫《しば》しどうでもよくなってしまい、心が落ちついたものだ。そうした雨の恩赦がもたらす、ささやかな心の平静というものを今思い出したよ」

そう言ってKは浴室から小壜を持ってきた。

「先日、香水壜の意匠と調香を手がけた見本が届いたから見てごらんよ。ガイジンという名の日本人を演出するというのが、この香水のコンセプトだったんだ。

確かに『ガイジン』は、西洋の調香と和の香道ぐらいの本質的な宇宙観の違いを具現している。調香は西洋庭園のように、庭のそれぞれの場所を層状に重ねて構築するが、香道は、その一瞬にして宇宙すべてを嗅がんとするミクロでマクロを演出しているのさ。

素っ気なさとなまめかしさ、甘さと辛さ、切なさと涼しさが混在する、俺にとっても忘れ得ぬ香り立ちとなったよ、泡沫《うたかた》の夢さ」

私はKから小壜を受け取った。磨《す》りガラスの濃い紫色の壜は、見えるようでいて見えない、見えないようでいて見える、というような定まらない深いところで下に向かって沈んでいくようなのに、その深まりをたどっていったところには、実は重力の枷から自由になっている不思議な軽さがある。

「墁に鼻を近づけると、ノスタルジックな青い香りがするだろう。それは春のように淡く、追いかけようとすると匂いはたちまち消えてしまう。菫の神秘的な詩美を曇《くも》りガラスに込めたかった。匂菫《においすみれ》のエッセンスは蓋を開けるたびに一度しかその匂いを嗅ぐことができない、はがゆいような性質があるね」

私にとっては、そぼ降る雨の香りだ。Kと話しているうちに雨が降りだしていた。

「ねえ、君は、自分に恵まれたさまざまなことに、そっと気づいているだけにとどめることなどせず、素知らぬ顔で堂々と美しく立っていてほしい。今、君がいるそのことが、光も闇もない俺に吹き込む一条《すじ》の何かだ。

駅まで送っていくよ」

そう言って、Kは足もとに落ちていたスカーフを拾い上げた。白絹に香水を染ませて、私の背後に立った。彼が私の髪の中に指を入れたとき、その一筋ごとに血液が沸き立つのを感じた。それからスカーフをターバンにして束ね、喉もとで交叉させてから首の後ろで固く結んだ。

ヤウヤウシロクナリユクヤマギワ。ここを去るとき、曙が街の上に広がりだすのを眺めたものだ。アトリエに来る愉しみが、バラ色の朝ぼらけであったことに気がついた。私たちは雨夜の街へ出た。

街灯が誰もいない御山の夜を、青白く照らし出している。昼間はそよいでいた開きたての花房は、一体何だったのだろう。冷たい雨にことなかばで果てた春の澱《おり》が、舗道を白く埋《うず》めていた。キリモミに散りかかる花をよけて、Kが傘を前へ差し掛けた。透明なビニールに貼りついた薄青い膚《はだ》に、花弁の脈が滲《にじ》んでいる。それは紅潮した血管のように、紅く透けてはチリチリ滑った。

日なか、彼女と待ち合わせた歩道橋の袂で、Kと別れた。

§

そうしてKからの連絡が途絶えてしまってから、私はたちまち暇を持て余していた。彼女は忙しいようで、会う約束が日延べ続きとなっていた。待ち合わせのホテルのロビーに彼女の姿は見当たらない。彼女には、私のこと、気まぐれに思い出さないで欲しいし、気まぐれに忘れずにいて欲しくもない。

人を待つあいだ、肉体は日常にぽっかり空いた器に思われる。当然ながら、一人に一生のうちに当てがわれた肉体は一つしかなく、目の前を行き交うあまたの数のこうした容器が、同じ時代にこの地上を、目的的にもしくは無目的的にうろつき、さまよう社会の光景を傍観していた。

「今朝、母から電話で話してるうちに、何者でもない、お前はただのつまらない主婦だという意味のことを、うっすらと指摘されて頭にきちゃう。今それをここで突くなよな、って。ママに言われたくない、自分でもよく分かっていることなんだけどね」こちらへ近づいてくる声に振り返ると、彼女ではない。その女は、携帯で話しながら通り過ぎていった。

私はここへ来るのが早すぎたのかもしれないと思い始めていた。彼女は別な用を済ませてから、こちらへ回るために、あらかじめ遅くなるだろうと言っていた。意志の強さに反して、踏切台の利き足が、左右思い切り逆になってしまったような決まりの悪さで、ロビーとひと続きになったスナックへ入った。

正面玄関に面したテーブルに、三人連れの女たちがお喋りしている。その隣のソファに腰を下ろした。ここからは、ロビーが一望でき、彼女が来れば一目で分かるだろう。フロアの奥に「上映中」の赤いランプが点灯している。

「流星座　映画案内

ロマン・ポランスキー作品上映会

ダンス　オブ　バンパイア」

吸血鬼、Dracula《ドラキュラ》伯爵。

私は、モノクロームの表面にゆらゆら滲《にじ》み出す美しい血液を思い出す。伯爵は骨格の端正な顔立ちにポロポロ涙を流しながら女を愛した。ドラキュラに愛される女性はドラマティックな黒髪と、優雅な鎖骨から肩峰のラインを持っていなければならず、無論処女であるべきだろう。映画が終わり、館内に電気がついて照らし出された自分の女の凡庸さに、男は軽く疲れたりするのだろうか、あるいは女は男に。

隣の女たちの声は低く、語気はますます強く会話は白熱していくようだった。

——女としてのデビューは前に話したわよね。バーメイドはカウンターで客人にお酒をお出ししながら、時には自分さえ売るわ。そうなの、彼は私の勤めているナイトクラブの経営者。生きながらにして死んでいるような涼しささえ感じる、精悍でユーモアに溢れる夜の支配人。

――あぁ、もう行きたくない、もうぜんぜん好きなんかじゃない、と重い足どりでクラブへ行くと、ほんとうに、もう格好よくて格好よくて、どうしていいのか分からない。

あなた、ホステスで出るきっかけは何だったの？

――わたりの町の田舎で、地域社会にわりとなじんだ生活を送っていたのだけれど、あるとき、中古車販売業ばかりを狙った放火事件がたて続けにおきて、こんな田舎で物騒なことだと思っていたところ、突然、県警の人が数人やって来て、なにやら犯人扱いなの。密告をほのめかす口調で、質問攻めにして、なかなか帰っていかなかった。

犯人扱いされたこと自体よりも、私は一体、誰に嫌われていたのだろう。どうしてこの私が疑われたのだろうということが、とても怖かった。今は、街の喧騒に紛れ込んで、ここでの暮らしがとても居心地いい。

そういえば、看板のホサンナって、誰のことなのかしら？

――あんた達、失くす時間があるうちはまだいいね。まったく結婚というものがあそびではなく、結婚などゴールでさえないと思っていない。

私にとって、ホサンナへの道のりは長く、険しいものだった。この分じゃ、生涯、落ち着きそうにない。

私よりも彼の古い愛人に、ホシミエコという、大手レコード会社から一枚しかCDを出していない売れない演歌歌手の女性がいたの。

彼女は長年ナイトクラブに出ていた三十女で、私が新入りの頃、娘のように可愛がってくれた。

ホシミエコといえば、売れなさそうな芸名だけれど、さすがに元プロの歌手だけあって歌がうまい。いまではもう珍しくなってしまった夜の世界のサービスを心得ていた女《ひと》だった。ホシミエコこそ、往時のホサンナと呼ぶにふさわしい女性だと、スタッフは彼女に一目置いていたの。

ホシミエコが彼に夢中だということは、どんなにひいき目に見ても、傍目からは明らかだった。

予想に反して、彼はいっこうにホシミエコを娶る気配がない。ホシミエコのイラ立ちは仲間のホステスにも伝染し始めた。

ホシミエコの自宅でボヤ騒動が起きたのは、そんな矢先のことだった。明け方の出火騒ぎの後の彼女は演歌みたいに男運がない。彼の婚約が正式に決まったの。それ以来、ホサンナは名ばかりとなって、ナイトクラブに、在りし日のホシミエコの痕跡は片鱗もなくなった。彼が結婚したということなの。ナイトクラブの看板は結婚祝儀で掛け変えられた。それが現在《いま》の、「マダム・ホサンナ」

先日、クラブにかかった電話を彼が取って、みるみる表情が強張り、受話器を置くや、『ホシミエコが死んだ……』と、ポツリ言うので、私はちょっと笑ってしまった。だって笑うしかない。死に憑かれたホシミエコの余生は、生に対する極めて希薄な執着であったと言わずにはおれない。人は未来より、死のほうをもっと強く望んでいるのではないかしら、って。

通夜の晩、彼はホシミエコの妹に呼ばれ、寂しい位牌と七～八枚に及ぶ遺書と対面することとなった。

精神状態と薬のせいか、ホシミエコの妹に送られた文字と文章は、なんとも言いようのない乱れ方をしていたそうなの。七～八枚にも渡る便箋には、ほとんど同じようなことしか繰り返されていないのだという。そして遺書の日付は、三月二十四、二十五、二十六日と、こんなふうに直されていたらしい。三日間、悩んだ末のことだったのだろうと彼が言った。

先日、桜散る雨の斎の杜で告別式があった。ホシミエコの葬儀の少ない参列者の中には、彼に連れ添う奥さんの姿があった。幸福な充足と無関心に守られて、うら若き新妻が霊前で白い花を手向ける様子を誰もがじっと見守っていた。

――行く末の自分の姿なんて、ほんとうはどうでもよいことなのかもしれないよね。死ぬまでの赦しってなんなのだろう、ということだけなのかも。

――やめて。この歳にもなって、また同僚の葬式に参列するなんて絶対に嫌だからね。


私は眼を閉じて耳だけになっていた。世間話は聞けども聞けども、本当のところは何一つ分からず、いつまでたっても誰の正体も知れないリアルな感触の夢のように、虚構とも現実ともつかず、人に見た夢を語り続ける、不毛で非生産的なもどかしさは放りっぱなしにされていながら、それでも忘れてしまうことのできない出来事に心奪われる。

不確実な夢のイメージを自分のものと符号させて輪郭を浮き上がらせる偶然を探し求めている。ただ夢見る愉しみにありつくために眠ったり、眠っては覚め、現実だと知っていたことが、よくよく考えるとありもしなかったり、夢が存在するためには夢みるだけでは足りないという、愉しみのあとの虚しさも含めて。

私はよほど娯楽に飢えているに違いない。と、そのとき、女たちが騒然と声を上げた。

――噂をすれば、なんとやら……

――あれって、奥さん？

――奥さんって、どこの奥さん？

そう口々に、上着やバッグを手に取って、そそくさと女たちは出ていった。

私がロビーを見遣ると、上映中の赤いランプがパッと消えて、映画館の扉という扉から観客がロビーへ雪崩出てきてごった返した。先ほどの女たちの姿も見られない。たちどころに、店内は混雑し始めた。

§

彼女は店の外に立って、いつからそうしていたのだろう、おいでおいでと手で合図を送っている。私は急ぎ広間《ロビー》へ飛び出した。これまで会えそうでいて、なかなか会えなかった時間がとても長く感じられた。

「随分と待った？　今日は商店街の桜祭りでしょう。緑地へ寄り道してきたものだから、道すがら大そうな人出で賑わっていて、思わぬ時間を取られてしまった。ここの空気はとても悪いわ。表通りへ出ましょうよ」


繁華街の客引きの花火が連発した。真昼の空を打ちつけるたびに、火薬の臭いを風が運んだ。

「先日、会えなくなった日には、かつて夫の同僚だった方にご不幸があってね、夫と告別式に参列していた。葬式のあと、乗り合いのタクシーを待って弔問者は皆、傘を差して歩道へ出ていた。界隈の民家から鳥の囀りがして、気をとられた。何とはなく聞き覚えがある声に黄色いカナリアを連想したの。覚えていて？　私が放った小鳥の話。私は喪服だったし、夫に同伴していたので、止むなくその場を立ち去った」

久々に聞く彼女の声は、透き通って乾いた鈴のように、耳に心地良く響いた。桜咲く陽光の輝きと歓びに満たされて、溢れ出すように話していた。

「翌朝になってもカナリアは頭から離れずにいた。夫が出かけてから、緑地へ急いだの。したたる蜜の囀りの方へ、カナリアの居場所に近づいた。うち響く啼き声に、水をつかむ感触が手のなかに甦ったわ。私は庭先から見晴らしのよいサンルームの前に立っていた。

そのうち家人が出てきて、『ご用ですか？』と言うものだから、車両で保護したカナリアの話を聞かせた。『あなたとご一緒するのはとても楽しい時間ですけれど、でもなぜ私は今ここにいるのかしら⁇』もうこれよね、この程よい気まぐれな涼しい顔で。彼ね、その話をひどく気に入ったようだったわ。同じ頃に、小鳥は姿をくらませていたって、しばし不在ののちに、カナリアは窓辺に羽を休めていたのですって」

「恋に落ちたの？」

「変は恋。知らない世界が、私を待っていただけ」

彼女の救ったカナリアがその男のものであろうとなかろうと、どちらにしても今となっては同じことだ。二人は思いがけない偶然に夢中になってしまったのだ。

ダウンタウンに爆竹の破裂音が幾重にもこだまして、私はふうっ、と脱力し、気が抜けた。祭りとは遠くにありて思うもの。あり合わせと間に合わせの狭間にあって、私はにわかに祭りの外にいる自分を思い出していた。

「私はどうしたいのだろうと思う。

氏と出会って以来、誘われるままに毎日彼の許へ足を運んでいる。

会っていない時間も、あの男子に会える日を指折り数えて暮らしているの。氏のことなら何でもいいから知りたいと思う。あぁ、神のような俯瞰する視線を持っていたら、幻滅するのさえ早くて楽でいいのになぁ。

女は望まれたそののちに恋をするにかぎるね。こうした心が焼けつく感じは、初めから夫に感じたことはなかったかもしれない……」

彼女の想いはとりとめもなく、ここ最近になって彼女と会えなかったわけが分かった。彼女の関心は別の生活のほうへ向かっていたのだ。

「氏の名前を私からは訊かない。

好きであるのに名前さえ訊くことができない。『自ら名乗らない人には訊いてはいけないのだと思いましたから』というふうな感じにしてある。私は春の宵みたいな緩い風がうっすら触れるか触れないかくらいに、氏の粘膜をそっとなで上げるようにして接しているの。氏が話しかけたことや、振ってきた話題にしか答えてやらない。

今、こうしているうちにも、何をしていても、氏のことが頭から離れない。

夫の生活とはまったく重複することのない今の私の苦しみなの」

恋の最初の語らいはいつも優しく熱く女らしい。彼女のコトバがほの暗いところでざわついていた私の恋の路ゆきを少しだけ思い出させた。

話を聞いてもらいたかったのは私だったのに、自分からは何も話せずじまいで静かに混乱していた。ひたすら喋り続ける彼女の話を聞きながら、雑踏の波に体をあずけ駅まで歩いた。彼女といるうちはまだ気分も紛れ、それはまた彼女にとっても同じ理由から、今日は私に会いにやって来たにちがいなかった。駅前に屋台が所狭しと軒を連ねている。宵の口にかけて、間断なく花火が上がり始めた。

「こうして、おさまるところにおさまらないがゆえに美しくないもののことを、タマラに話したくはなかったのだけれど、この続きをいずれ聞いてもらわなくてはならなくなるだろうと思う」。最後に、そう彼女は改まって付け加えた。大輪の花火が心臓をドンと強く打っては夜空に上がった。

「それどころじゃない、気が重くて何も話せない、というところまで含め、受け入れる」

「近いうちに家へ来られないかしら。夫はどうせ留守だろうけれど。きっとよ。来る前に電話ちょうだい、ネ」

祭りのにぎわいを避けるようにして、私たちは駅で別れた。

§

　私が彼女の家を訪れたのは、その後間もなかった。私を奥へと迎え入れた彼女は起き抜けらしく、天井へ立ち昇ってゆきそうな浮揚感があった。それというのも、部屋の中は静かな明るい光に充ち溢れて、冷たい水の中に溶け入ってしまいそうな居心地のよさだったから。自分が垢じみて疲れ切っているのが分かった。白いガウンを通して彼女の裸の線が透けて見える。目もとは始終穏やかで、顔の周りを緩やかな巻き毛が縁取っていた。

「かつての私には、月初めの滑り出しの数日と月末しかなかった。残りの日は、今日が何日の何曜日なのかも頭に入ってこなかった。

　氏と出会ってからというもの、私の一週間は大きく二分されている。氏に会えるウイークデイと、夫と過ごす日曜と、虹の七色によって精神を律するかのように、呼吸法や思考法さえ変えながら、一週間を乗り切っている。週明けは呼吸を、見た目には小さく下のほうで深く、週中にあっては苦しみが和らいで思うところがなく、週末に至っては無防備でいて何者にもやられることがない。あぁ、それが今日なのね。そして無難にこなす夫との休日と。

もはや私にはどこにも行く場所もなく、この二人の部屋さえ私の場所ではないゆえに、少なくとも夫が心安らかに暮らしてゆくために、妻としての愛嬌を全力で、かつさりげなく振り撒いていた。そうした演技はまるで憑依型の女優のように、自分でもそれが生まれながらの素の自分に思えるまで、自然に全身全霊で演じなくてはならない。この家では私がこのまま仮死状態となって、サイボーグみたいなやつが代わりを務めてくれたら、どんなにいいかと思う。『唯一の女、無二の夫』『女、三界に家なし』なんて、全くメシの種にもならぬ誓いであったけれど。

葬式の日、サクラまじりの雨が天蓋の碧いステンドグラスを打ちつけていた。夫は始終落ち着きがなく、私に嘘をつくという侮辱を私に対して行い、斎場で夫と二人きりのとき、夫がミエちゃんと呼んでいた女性の遺体の前で、夫をひどくなじったの。夫は、雨垂れが天上の山羊たちの頬を滝と流れ伝うのを、上目遣いに見ているばかり。あの時の怒りたるや、忘れようにも忘れられない。悲惨な状況に身を置きながら、自分は安全なのではないかと思っていた無知を含めて。

あれこれ思いあぐねてはいけない、女の仕事ではない、本来不向きなこうした憂慮を重ねた分だけ、女の幸せは遠のくことを知って久しく踏み留《とど》めてきた質問に対して、夫はちょっとくらっとする感じの開き直った言葉に変えてやってきた。まったく問題の本質が擦り変えられてしまっている。凶々しくもアホ臭い嘘の一つ一つは、本当にその一つ一つを簡単に論破できてしまう類のものであるにしても、その言い草には既視感でくらくらした」

「嘘ってどんな」

「私や故人に限らず、その場に居合わせた誰もにまつわる嘘いつわり。あの時、私に申し開きをしていて流した夫の涙は、故人への偲び泣きの涙であったにせよ、夫のこれはもう性分なので、また何度でも私に対してそれをするだろうけれども、公衆の面前で、夫の面目を立てて、手だけはつないでいてやった。あの葬儀の日から、私は夫と離婚したいと思っていて、そう思っていない時には、何も考えていない」

「偽りが日常になっている状態は、仕方のないことではなくって、まともな状態ではないんだよね。無駄に長びけば病むし、病んでいるのが普通であることに訓らされている」

「弱さから破滅の掛金を闇雲に吊り上げている、あなたはいったい誰なのですか？　痛い腹の内が明るみに出るのを恐れている弱法師。外道に人狼に娑婆僧の合わせ技なのだよ。こうした離れ業のシミュレーションは、弱法師のお家芸、やはり、餅は餅屋であるね。裏表は内々で、令夫人《マダム・ホサンナ》でなら、外道でも使い所はある！」

「令夫人？」

「あの日、斎場に居合わせた人たちの噂話が雨音とともにぼんやり聞こえてきたの。夫の利用している求人サイトでは、戸籍ごと体を売り飛ばしているような人が、幾重にも身元を隠し合うように身を寄せていて、存在していることは分かっているのに、現実にはまるで幽体をつかむように、ふわりふわり浮遊している人たちを相手にしているということらしい」

「戸籍ごと、売り飛ばすっていったって……」

「『分水域に住む人』とかいっていた。

半分、死んでいるゆえに、社会身分的に生きている人々からは、それがどこの誰なのかを正しく特定することができないっていうの。

こんな話をするのも、その分水域の人々というのは、恐らく私と、とてもよく似た人々なのにちがいない、って思うから。だらだらと無益な感じにやられている、病人には物理的に単純に嘘という介護が必要なのね。夫との数年、はた目にはひとまずまともに生きてこられた理由がよく分かる。多分それが夫の呼ぶ令夫人」

自らの破滅への掛金を闇雲に吊り上げるようなやりくちは、人生のトータルで換算すればあまりにコストが高すぎ、見返りは全くなく、負債ばかりが残るという、こうした不要な要素を一皮一皮、できる限り取り去り除いていくと、結局そこに現れるのは誰しも単なる同じヒトであるという事実。

「それにしても、タマラは見えすぎる女でありながら、人としてのかたちを自ら保って生きていけるのは、タマラが雌雄同体の完全体であるからなの。それとも、やがて訪れる分水域をも見越して、このように今ある自分を赦せている大きな寛容を持つ人だからなのかしら？　タマラの〝女性性〟はタマラが無くなるまでタマラを解放しはしないよ」

「また同時に〝男性性〟もね。どちらでも、何ものでもないものも」

「『世の中の人は、この世に生まれた以上は、男は女と結婚するもので、また女は男と契るもの。これが人の掟というもの。たとえあなたといえども、やはりどうしてもその同じ道を踏まねばなりますまい』」と彼女。

「『どうしてまた、結婚などするんでしょう。わたし、嫌ですわ……』フ、フ、フン。妻問《つまど》いね」

「あぁ、氏は、上代中世の女流作家は遊女だと言うの。本当かしら」
「多分ね。未来の女流も限りなく上代のそれに回帰していくということらしいよ。
『変化《へんげ》の人というとも、女の身持ちたまへり』」（竹取物語　貴公子たちの求婚）
私にそう言った、Kのことを思い出した。Kは描いているだろうか。

「中庭の一本桜が見頃なのに、ガラス戸の照り返しでまるで何も見えない……」

彼女の言うとおり、明るい光のなかで花は透明にみえた。中庭が空っぽになったみたいに。彼女が縁側の戸を引くと、開け放たれた居間には、一陣の風と景色と雑踏が吹き込んできた。

「散り際の桜は、熱した骨のほてりのようだね」

「うん、収骨堂の荼毘に付されていこった白骨の発散する埃っぽい光を思い出したよ」

「淡墨桜は、蕾のうちは薄紅に、開花期は純白に、散るまぎわは蒼白になる。今がちょうど全開ホヤホヤだね」

「随分と前、この家の新築祝いに、夫が例のミエちゃんから頂いたらしい。植樹した当初はほんの若桜だったのに、夫が手塩にかけるうちに、メキメキと恐ろしいほど根が張り、枝を交わしてそのうち石垣や家屋が壊れるにちがいないと心配している」

「桜は、巨大海洋生物並みに、その寿命が尽きなければ、延々と生長を続けていくそうだよ。この桜も果てしもなくそのように大きくなるのかもしれないね」

「本当に、永遠に生きられそうだわ」

「私はここに死ぬまで生きてる、って……」

呪縛とは時に甘やかで、優しげで、蠱惑的だけれど、その面妖な事態が本当だとしたら、こうした状況にいつまでも四肢や心を支配され続けてはいけない。

駄目なものは、ここで勝手に腐らせておくがいい」

「何もかも嘘、嘘、嘘ばかり。平然とした顔をして相手を納得させてしまう、夫は冷静な極道。ここは健やかなる者の盤上ではないようなのね」

「磁場のおかしい所にいては駄目」

「……かといって、私は氏から、いかなるものも奪わず、掠めることはないのだしなぁ……」

「それって、依存のことを言っているの？」

「氏に、私の勝手を肯定させてしまうことは容易《たやす》いことだと分かっていても、ここを氏に甘えることは無理ゲームなのね」

「いまの生活は依存ではないというわけ？」

「依存って？　人生で、一番いい時を共に過ごしただけ。夫と過ごした祝祭日は今なお愛しい。氏は、仕事が生きることだと信じて疑うところがないの。氏とは息がつけない。与えられた一度きりの生を生きることと、仕事は別だから。休息は休息のためのもの」

「休息が、悩みや不安を育てるためにあるのではないことくらい、誰でも知ってる。

　自分の勝手を肯定させてしまうことが依存だとしても、配偶者に暴力を振るうことで、分を越えて、自分の人生だけでなく、他人のそれをも駄目にしてしまうほどの大袈裟なはなしをしているわけではないでしょう？」

「いいえ、タマラは氏と同じことを言うのね。生を生きることと、その生を何らかの手段で表現することとは違うと思うの。夫との休息はただ休息のためにあった」

「……分からないわ。人生は、表現によって糊口を凌ぐこととは別だと言うのね。」

「他者は、自分の生を追体験などしてくれない。というよりもそれが出来ない。私も氏の生を正確にトレースすることは出来ない。氏は私を一筆描きで精密かつ忠実にトレースできるかのように自負してやまないのは不思議なことなんだけど……きっと氏にさえそれは出来ないでしょう？　こうしたことを互いに期待することは禁じ手であると思うの。この責を負うことによってのみ、対価が発生する。だからひとは、そこを仕事とするのね。仕事は仕事なんだから。人生を仕事と分けることで、平らかに永らえるという態があると思う。

夫より氏のほうが心配。

今日は、四月八日金曜日。夜が待てない。台風でも来ればいいのに……

少なくとも明日ではないはずの死のために、今日に赦された幸いを生きよう。私は、タマラが平らかな幸福のなかでだけ苦しんでほしいと切に願う。私もまた、そうしたものでありたい」

§

「J・K展」
彼女に暇《いとま》してから、帰宅した玄関のポストに、個展の案内が届いているのを見つけた。会場に飾られた一枚の絵を想像してみる。この世で生き、同時に絵の中に生きるKとの時間を。Kは裸婦像を完成させただろうか。Kが描けないといって、何の音沙汰もなくなってしまってから、地に足が着かずに、そわそわこのまま過ぎ去って通り抜けて滑り落ちてゆきそうで怖かった。私はじっとしていられず御山へ向かっていた。

山間部の薄明かりは、一日の最後の光が薄く冷たくひきのばされて、どこまでも透き通っていった。斎の杜に、白い闇が訪れたように、桜が花を散らしている。Kがなめら筋と言っていたこの山道を、本当に亡者の魂が行きつ戻りつするのだろうか。

花塵は火炎《ほむら》が爆ぜるときの血の結晶がキラキラ輝いて見えるようだ。冬深いさなか、枝の輪郭に沿って仄かピンクに発色して、「あぁ、桜時もあと、二、三週間だなぁ」と感じた幹も、この頃では燃え尽きたマグネシウムのようなのだ。幹の精髄を吸い上げて咲くヒガンザクラが、ヤマイダレの瘴気する火花をそこいらじゅうに撒き散らしてしまうからだろう。

花見は人が潜伏性の狂気を鎮め、紛らすためにあるものに思われてならない。

残照が山肌をつたって降りてきて谷窪にまどろむKの庭に私はいた。感じとれるかとれないかくらい緩やかに辺りは昏くなりつつあった。アトリエに、女の気配がある。連作向けに、Kがプロのモデルを雇うことがあった。美術協会《アカデミー》が、Kの探していたイメージにふさわしいモデルを、今頃派遣してきたのだろうか。または、大画家のスケットに、モデルの方から駆けつけてきたのかもしれない。

何も聞こえない。夜気の静寂が聞こえたにちがいなかった。
――こんな不思議な魔法は初めて
――あぁ、蕾のこの丸い膨らみ、蘭の花蕊。未だ嗅いだことのない、見知らぬ花の匂いだ
――誰か、見ているわ！
――夜さ。御山に夜が来たんだよ……
薄闇の庭に山頂の影が映るや、どこからともなく夜の光がすべてを包み込んでいた。

羽化が始まったらしかった。殻の破れから白いさなぎが徐々に膨らみを増しつつ反り返ってゆき、殻につかまった羽が縮みを伸ばして変態を遂げていく。二人はゆっくり窓枠から消えていった。

Kと女のこのとき、私は庭から飛び出そうとした瞬間、転んで何かに肘を突いた。それは大空を羽ばたく姿のままに骨の羽が力強く土をつかんでいる。古ぼけた羽毛は、紅ダケのように赤い。「イル

ヒ?」土壌がイルヒを平らげてしまっていた。目の前の暗闇があかあかと照らし出されてきた。

ここが生と死の間にあるしじまではないだろうか。うつらうつら春の雪が舞いあそび、花片は口に含むと舌に暖かさを残した。森閑とした坂の上に、人が列をつくっている。陽が落ちても霊場にいる人の多さに、今日が花祭りの日であったことを思い出した。春分に山の口が開いて、死者が再び戻っていく、今日はその日だ。私はベンチに腰かけて、バスの到着を待っていた。

花の煙を巻き上げてバスは停まり、黒衣の列がゆっくり前へと動き始めた。御山に霧がいきわたり、舗石を踏む人影も路面に映っていなかった。最後尾の私の番がきたときに、バスは満席になっていた。乗客が少しずつ奥へ詰めているあいだ、運転手の呼び声が響いた。「ミエコさん、もう一歩手前へ進めませんか」聞き覚えのある名前だ。乗降口の階段《ステップ》に立つ女性と真向かいから対面したとき、乗車扉が私たちを隔てて閉じた。バスは白い坂道を森の奥深く吸い込まれていった。

私はうたたねから目覚めた。

周囲から聞こえてくる声に、両眼がヒリヒリこたえるし、蛍光灯の光がつぶつぶ触覚的に肌を刺したり、喪服の樟脳の臭いに鼓膜が疼いて、五感は連動した一つの傷口のように痛む。私は何も見ないように耳を塞ぎ、何も聞こえないように目をつむった。そしてようやく到着したシャトルバスに乗り込んだのだった。

§

春は行き、すっかり桜の消えたネオン街へ足を踏み入れると、汗ばむ熱気が漲っている。尾柱までの長い脊椎をもてあますように、回転ドアの陰に佇んでいたのはKだった。疎遠になってしまってから、久々の再会だ。

「やぁ、君。イルヒは死んだよ」

Kは私に気がつくと声をかけてきた。

「手負いの鳥となって、死に逝く明け方、オスのカナリアが戻ってきたんだ」

「イルヒの死に目に逢えたのが何よりの救いだったね」

「ああ。オスの帰省を待っていたかのように、ムクリ首をもたげて俺の手の中でこと切れた。イルヒがオスを呼び戻して、おいとましたかのようにね」

「ええ、鳥と鳥との美しい交流……」

「そうさ。それは人が失くしてしまった霊的交感《テレパシー》を思わせるね」

背中を腹でかばっているようなぎこちない姿で話しているKの体からは、硫化アリルの甘だるい肉の臭いがする。弱ってはいても男、というところがいい。私はこういう男に生まれたかった。そしてそのように生まれ変わっても、こんな男に恋するだろう。

私たちはナイトクラブの回転扉の向こうへ入っていった。ロビーは鍾乳石に覆われて、乳緑の絨緞の毛足の光沢が敷き靡《なび》いている。私たちは螺旋階段を巻貝の奥へ吸い込まれていくように進んだ。

Kは前かがみでソファに腰をかけると、マティーニ二杯をあつらえた。

「ようやく、作品が仕上がったんだよ。明日は個展の初日だから、ぜひ見に来てくれたまえ」

私は、乾杯とおめでとうを言って、ただ何とはなしに彼を励まそうとすることにさえ恐れを抱く。Kは、アダムが肋骨を取り出してイヴを創ったように、絵と格闘していたから。私は新作の露光を感じた。Kのタッチが夢のように美しいのは、それはKが美しいゆえ。

奥山にいても、花街にいても。

マティーニを飲むあいだ、Kは何も話さなかった。広い水族館にいるような総天然色の照明の下で、遠くの歓談が響いてくるほど静かだ。硬い生《き》のZINを氷を噛《か》むようにして、歯と歯の間に含ませ唇を動かしていた。

「あの雨の晩に君と別れてから、描くことをためらっている俺に、『怠けるな、しっかりやれ』って、いつもの声が聞こえてきた。何もしていないのは、意欲が湧いてくるのを待っているわけじゃない。それは怖いもの見たさを憚る恐れからなのさ。危険な逢瀬を思い止《とど》まらせるときの恐怖と言ったらいいか……眩惑を幻滅に変えてしまう前に、描くのを避けていたいんだ。自身が俺の絵に満足できるかどうか、至難へ挑む恐怖に囚われてしまうのさ。ところが、俺の恐怖を凌ぐ恐怖と出会って、また描き始めることができた。本物の恐怖の前では、俺の創造力も要らなかった。それは絵画的に描くよりも自然だったから。そうだ、女神は俺の目にだけ見えたのだ。その瞬間、俺の恐れは消え失せて、深みから意識の上へ浮かび上がるような感覚を覚えたのさ……白い紙の上には、純粋な恐れだけが透明な絵肌《マチエール》となって、その姿を静かに浮かび上がらせていた。俺にさえ、想像だにつかなかった綺麗な色だけで。幽冥界との、あの『二十三グラムの隔たり』を、悲惨な現実ともいえる白い紙の上に現す術を、感じるまま、傷む心で掴んだのさ」

「君のほうは、書いているかい？」

「ええ、『女流』をどう思って？」

「あぁ〜、あ〜〜、甘美な、遙か古《いにしえ》の響き。それが、生身の女であることの意味を、遠くから手繰《たぐ》り、引き寄せるように感じることができるほど、遠い時代や異国の女の言葉は好きさ。それはかつて生きた女の言葉であるのに、時空を経てありながらのその綺麗さについて思いを馳せることができるから。

この頃の女の、優等生か、そうでなければアバズレかの両極端なアンバランスぶりには辟易する。アバズレの錯乱には一分の理があり、可愛らしさを覚えるが、学級委員の錯乱はヒステリックで面倒臭い。ともあれ女にはこの二つの通路しかないのかもね。で、君はどちらなのだい？」

「さぁ、自分では分からないわ」

「デザイン工房《スタジオ》から、装幀の依頼をよく受けたよ。どんな本でも、立派で凄そうな高級感を施すことで、内容と食い違いはあっても、そこそこの既成事実は作れたものさ。世の中には、自分の立ち姿と身につけているものが、まったくちぐはぐなことになっている人がいるね。よくあるだろう、飼主当人よりも、上品で美しい犬を連れ歩いていて、変な感じになっている人が。ひどい時は、犬の方が勝っている、などということも少なくない。バランスがとれず、悪目立ちしてる。

　現実社会では生きづらそうな内面世界を、清澄に篤実に写す鑑《かがみ》を女流が持っているとしたら、宿主と魂との均衡《バランス》は正調に計られて、女が生きることの整合性と福よかさ、その営みの聖性を恣《ほしいまま》に、男子はそれに浴することができるだろうになぁ……

　しかしながら現実には、君も心当たりはあるだろう、君が読めすぎる女なら、君が望んでいるような恋は、恋愛の攻略本をあらかじめ読んでしまっているかのように、感情の大波小波にもまれながら、予定通り砕けたりしぼんだりして、本当につまらない、そして不自由だ。ねっ、君は、読めなさの愛の花束を唐突にふうわりと送りつけてくれるような男に扶けられて生きてゆく方がいいよ」

「そんなこと、Kに言われたくなんかない」

「でも、ね、安心して、お互いに、この地上で誰かのものである必要などない。俺たちは作品の現し身、変化《へんげ》だから……」

一音、一音、空気を刻むように、発語は耳介をかく拌する音《おん》の並びとなっていった。終《しま》いには消え入るように吐息だけになっている男は、私の知っているKと違う顔の人だった。新しい身体に入ったが、それを動かすことにまだよく慣れていないというような奇妙な顔をしている。ガランとした海底のような響楽の間《ま》に、ぽつねんと放り出されるようにして、私たちはそこで別れた。

館の外へ出ると、電飾《イルミネーション》が頭上で白熱していた。Kの背中が人混みに消えて、ビルディングに高々と上がったネオンサインを仰いだ。緑の硝子盤には白いフィラメントで、「マダム・ホサンナ」と、目も眩まさんばかり、夜の街に照らし出されていた。

§

わたりの商店街のはずれまで歩いてくると、赤いレンガ造りのギャラリーに初夏の陽射しがギラギラ照りつけている。画廊の東側面に嵌った採光窓を、毛深げな枇杷の葉がうっそうと覆い隠していた。

体内の悪いものがじわじわと蒸発してゆく快楽的な暑気の中で虫の羽音を聞いた。羽の震動が力強く大気を伝って、耳の奥までカサカサ震えた。鶸《ヒワ》色の枇杷の実が固く乳頭のように突起しているその先に、取りすがるつがいのアリがいる。みる間にも生え初《そ》める翅を展《ひろ》げて、アリのカップルは空へ飛び立とうとしていた。

共同体が大きくなったとき、オスと女王アリに翅が生えると聞いたことがある。女王アリは別な場所に移り住み、残りの人生で新しい巣《コロニー》をつくるのだ。新婚旅行に旅立つのは、晴天のじめじめと暑い夏の始まりのこんな日なのか。小刻みな翅の震動が全開に達したとき、雄アリが女王アリを追いかけて飛んだ。雌雄は組み付き合って、一瞬宙に静止した姿のまま、ゆっくり下降していった。

蜜月は出発から地上にたどりつくまでの瞬間。オスはうまく交尾できたら、地面に落ちて勝利の死を迎える。精子を器官に蓄える女王アリにとってオスは子作りのために必要なのだ。女王のハネムーンを見送りながら、Kの個展会場へ入っていった。


祝福の花々が外へと溢《あふ》れ出している。閑談のさざめきとシャンパングラスの触れ合う音が、間断なしに行き交っていた。夢が花開き実を結んだのだ。

会場の入り口に立つと、中央に裸体の肖像画がこちらを見据えて私を奥へと導いた。左右対称連作のヌードが並べて展示されている。対極の命題を成すと思しき二女性像が、同じポーズ、同一の髪型、アクセサリーによって見事に描き分けられている。絵の前へ来て眩暈《めまい》したのは、裸婦のもう一方が彼女だったから。あの落ちかかった光の中で、Kの部屋にいた女の正体を私はここで目《ま》の当たりにした。画題は「マダム・ホサンナ」と「タマラ」。いろいろな考えが去来して絶句する。「マダム・ホサンナ」が彼女だったなんて！

――ホサンナの白には膨らむ触感があるね、ブーケを抱えているのかな。夏の始まりのキラキラとした生命力の輝きが、この白さにある。

――タマラは白の習作だね。

――なんともいえない、涼やかでひっそりした風のような雰囲気を湛《たた》えて綺麗なのだろう。

――そう、純な香りがあっという間に飛び去ってしまう儚《はかな》さ。

恐る恐る「タマラ」に近付いた。背筋から尻へと通じる一本の曲線と、アクリル絵の具の透き通った平明さとで描かれていた。二十九歳の初夏で終わった死、誰にしも死は設定されているものだとしても、今ここに死があたかも予約されていたみたいに、軽くて痛いそれは希薄な生であり、アルゴリズム（計算可能）の果てに迎える死のように、命の円環の芯の中まで造り込まれてしまっていて、見ていてとても息苦しい。それもそのはず、私のことをKがそのように見抜いていた通りのことだ。簡単には変えられない性分の重さを憎みつつも憐れみ、その憐憫が情愛へと変わってしまうに足るほどの長い時間をかけて、それが救いの一手であるかのように、かえって餌を与え続けてしまう。動こうとするとき、皮膚は剥がれ、とても痛いから。そんな自分から逃れるように、私は「タマラ」から遠ざかった。

彼女の気配のある方に、人だかりができている。「ホサンナ」の柔らかい岩のような四肢、壱枚の絵に漂う白の重量感。生きている骨、筋肉、臓器、血液、それらを容れて波打つ膚《はだ》の流麗。肌色は薄く柔らかい湿った重たい雪のように自然光を照り返して眩しかった。黄昏時《たそがれ》、記憶の中の春霞に御山の影が映った。あのとき、雲から降りてくるやわい薄明かりの中に私はいた。色のない作品の皮膚に透けて見えるのが、絵肌に滲み出す脂肪の透明度なのか、御山の薄暮れの光なのか分からない。絵の静けさが、彼女の沈黙なのか、御山の夜気のせいなのかも。描かれた女体はもはや彼女じゃない。存在なのだった。

白いだけの静寂が、仮の宿りの諸行無常のひとの生を、むしろ生き生きと写しとっていた。

画家の才能と女の生彩が見る者の命の源をいっぱいに押し広げる。彼女の生命力を触媒にして、Kの感覚が絵の上に生成していた。私の中で生きられなかったKの魂は、別の愛の中に蘇生し、絵の中の女と渾然一体となっていた。女が親密な男にだけ見せる開いた視線と体、それを写し取っていく画家の蠱惑との間に立って、愛の正体に今、気がついた。

困難な美しさに伴うKの苦痛を思い出す。Kの言った二十三グラムは、この絵の中でしか越えることのできない密度を得たのだ。

Kの描いた、「ホサンナ」の環の中に私はいた。愛し合う円環の中心は空《くう》になっていて、円の芯の中は融通無碍となっている。光の環は、個々に、予め振り分けられている許容能力《キャパシティー》のようなものなのだ。持てる者は失われることがないために、それを別の者に与え合い、惜しみなく分かち合うことに痛みを感じることはない。それは多分、ひとが愛とか呼んでいるもの。

「ホサンナ」には、未熟な野心からくる、なまめかしさがない。仏になって随分時代を経てきたというか、地獄を通り抜けていても心は今、天国にいる、何が起ころうとも平気で生きていられる不動の落ち着きが、不敵な笑みに表れている。見る者を見つめ返してくる彼女の視線のその先にいた画家の畏怖が、辺りを領していた。

いったいいつ、氏がKであることに彼女は気がついたのだろう。Kが氏であることを、私が先に知っていることだと、それに触れない私に何も言いだせなくなってしまったのだろうか……。彼女にもアトリエが初めての夜があったろう。私にもKとの初めての夜があった。私達は同じアトリエで同じ画家のモデルをしていたのだ。

いつもKを待ちながら、どれくらい夢を見ていたのだろう。部屋に明かりがついていて、枇杷の繁みが夕闇に沈み、採光窓には私が映った。

「あっ、イルヒ……」

杏子《アンズ》色のワンピースの心臓部位には、滴《したた》り落ちる血のような薔薇が染め抜かれている。自分の姿を見た瞬間、イルヒを思った。

個展初日の会場に、Kはとうとう姿を現さなかった。

=1

§

その翌朝、紙面でKと彼女の出奔を知った。失踪のニュースは、巷の耳目を驚かせ、画家とホサンナは一躍、時の人となった。ホサンナの絵の前には黒山の人だかりができた。個展は大盛況となり、Kの名声はいやがうえにもますます高まるかに思われた。

御山に行けば、Kに会えるような気がして、私はアトリエへ急がずにいられなかった。中庭からテラスをのぞきこむと、人の気配はなく、カナリアがしきりに囀っている。ベランダのつるべに籐籠が架かっていた。Kがカナリアを置いていったのだ。

「翼があれば、あなたのところへ飛んでいけるのに……」緑萌えいづる盛り、したたる蜜のような美声に、切なさを宿しながら常世の春を歌っている。空へ帰してやろうとして、籠の中へ手を入れた。羽毛のしなやかな弾力が指の隙間をこすり抜けた。一房の果実のように肉感的な感触を残して、くぐり抜けていった。

ひと思いにつかみ取ったとき、カナリアは記憶のひとくさりとなって、Kとホサンナと私とイルヒとを直截《ちょくさい》につなぎ留めた。「だれのものでもない」と言った……このカナリアはKなのだ。Kの触手となって、アトリエへと彼女を運んできたもの、身上などてんからおかまいなしの超然とした愛すべき無関心ぶりで。だれのものでもなくなった仔鳥を空へ放つのを、私は思い止まった。

別れはあらかじめ予想できてしまっている。人間関係の導き出す予定調和に従って、夢や想像で親しい人との別れを事前に反芻し、不測の（それなら、不測でもない）別れに、人は日々備えている。なおも不測を装って、繰り返し長々と思い描いてきた予定調和の、これがその現実に迎える「さようなら《アデュー》」

遅かれ早かれ、私はこの恋を降りてしまうことになるだろうと分かっていたのだ。でも、互いに、今ある生活に慣れてしまえば、またそれぞれに、同じ無為の中へと帰っていく、わたりの町、わたりの河と同じ風景の一つとなって巡りゆき、そうして生きるのだ。ここではないどこかへ行けたら、自分ではない何かになれたら、愛する人のもとへ飛んでいけたら……、もの憂い憧れを胸に秘めて、人には言えない秘密を閉じ込めておくように、私はカナリアを籠に収めた。

§

「マダム・ホサンナ」を最後に、Kと彼女のことで、私に残された手がかりは何一つ失くなった。住所も行方も知れず、その絵のほかに、画家とホサンナを知る人は誰もいなくなった頃、沈黙を破るように訃報のニュースが流れた。画家のJ・K、踏切事故で死去。享年四十一。香港で開催予定の、オークション「アジアの現代美術」に遺作「マダム・ホサンナ」が出品される模様。事故か自殺かは不明。美術市場での投資家の動向に注目度高まる。

Kの夢が、その夢より果てしのない現実に先越されたらしかった。

私は鋭角的な不条理感に襲われた。人生の蹉跌は、暗くて細い螺旋の道に、ポッカリ口を開けて待っている遺伝子の欠損のようなものなのだろう。理に合わない傷だとしても、記入されている限りは読み込まれ、通過せざるを得ない。これみよがしな罠に落ちて、二度と脱出できなくなるかもしれず、這い上がれたとしても、そこが元の場所とは限らない。それは二度と修復されることのないほど長い時間をかけて、折り合いをつけてゆくほかはない瑕疵と思われた。

今ここに立っている私はもう、もとの私ではない、もとに戻れない、そしてそれに、誰も気づかないということだ。

§

カナリアが啼いている。

幾度となく春は長《た》け、花散らしの雨は逝く春の名残を静かに運び去っていった。

「何か返事をして」

彼女とは、離れて暮らす距離の分だけ、言葉を交わせる間柄でいたいものだと、折に触れて、なにくれとなく話し合っていた。

失われた春の残址を、一篇の文章に書《か》き留《と》め続けてきた。季節が木立を通り抜けていくように、めくる頁《ページ》の隙間を春が過ぎていった。

「救われない手記を書いています」

今は、そう綴っているのは私のほうだ。どこかで彼女が、これを手に取るかもしれない。

静かなまぼろしを閉じ込めて、歳月とともに文脈《テクスト》は古色を帯びるままとなった。

「今とても会いたい」

彼女から再び手紙が届くことを祈りつつ、私はここに筆をおこう。

手の中にパチンと閉じた小品の名は、

「マダム・ホサンナ」

おわりに

足元のコンクリートスラブから水が出たときの原稿が仕上がりました。

安平和彦先生のお誕生日に寄せて贈ります。

令和三年二月三日　立春

著者プロフィール

武内 撫子（たけうち なでしこ）

兵庫県生まれ
学歴　中央大学法学部　研究テーマ「法律と詐欺」
　　　多摩美術大学美学芸術学科　詩集「薔薇窗」
灘中・東大京大受験　白百合進学会主宰
逢ふときは逢ふとおもひてたのしみ
逢はぬときは逢はぬとおもひてうれへず
「上代中世女流作家遊女論」を研究中

マダム・ホサンナ

2021年４月15日　初版第１刷発行

著　者　武内 撫子
発行者　瓜谷 綱延
発行所　株式会社文芸社
〒160-0022　東京都新宿区新宿1－10－1
電話　03-5369-3060（代表）
　　　03-5369-2299（販売）

印刷所　株式会社エーヴィスシステムズ

ISBN978-4-286-22189-2